斜めに走る

松浦成友

思潮社

斜めに走る

松浦成友

思潮社

装幀＝思潮社装幀室

目次

斜めに走る

万華鏡

にじ　が　はな　に　なって　しずかに　まう
あか
あお
き
みどり
いろとりどり　の　はな　が　さきみだれる
つつ　の　なか　は　かがみ　の　せかい
ゆきのけっしょう　ほうせき　かじつ　はなびら

さまざまな　けいしょう　が　いろどられて
　ふゆ　の　ひ　を　あたためている

かたち　は　つねに　へんか　し
あらたな　けっしょう　を　うんでいく

あさ　の　ひかり　の　なか　で
　いろ　と　いろ　が　かさなりながら
このよ　の　すべて　を　とかして
　えめらるど　さふぁいあ　そして　いちじくのみ

くるしみ　を　ろか　して
いのち　の　さいご　の　ひ　が
かがみ　の　なか　で　うつくしく　はな　ひらく

めまい

緑の光に包まれて　揺れる空間を巡っていく
燃える星が眩しい　草の香りが大地に溢れ
汗の中で大気が揺れている
一人ゆく道の片隅に幻の花が咲くだろう

透き通る白いブラウスの甘酸っぱい香りが部屋に満ちて君は遠い世
界を夢見ている
幼い顔に残る陰影……君を守れるのは汚れ切った者でしかない……

ラベンダーやバラの芳香が世界を華やかに彩っていく
静かな森に囲まれ　靄に包まれた湖……夜の闇の中で波に漂う流灯
……亡き人の面影が水に揺れている……夏の淡い夢……陽炎の中で
川辺を歩いた思い出……風の通路を癒されない孤独が通り過ぎてい
く……

緩やかにまとった服を脱ぎ
　　　帰って来る声を静かに聴く
薄い光にめまいを感じて
　過ぎ去った日々の鍵を捨ててしまう
胸に走る痛みは不思議な風を受けて波打ち
　　　耳鳴りのする夜は眠れまい
鏡の前で背後に映る闇を食べ

波の響きが足許に漂い
体が床に倒れかかっていく……

ノート的

白い平原を自由に走ってみないか
夏の光　葉を揺らす風
ペンが走っていく
見えない道を
駆けりゆけ
地平線が見える
白い大地を逃走し
不在へと向かうのだ

現実の光景は分解され
断片化し
点の軌跡となって残る
遠ざかっていく痕跡
ただ万年筆が待っている
場所も日付もない
ノートは始めからあったのだ

真っ白な画を描きたいという幼子
このさらっとした手触り
薄く引かれた直線
書かれなければ存在し得ない
生成されるだけだ
書かれた文字の集まりの

時間と空間　が　拡がっていく
個体性や内面のインク
が流れ出して大地を汚していくとき
源泉から　また　無垢の言葉が生まれてくる
この平原に　世界の涯を見つけるために

手

書きたかったのだ　自らの名を記したかった
しかし　手は痺れ　自らの名は崩れていった

あの　毎朝　見る夢
黒い液体が部屋に溢れ　その中に沈み
左手で鼻を塞ぎ　息を止める

あの　会議の席上

右手が震えて　発音が乱れ
他の言葉に流れて
嘲笑を満身に浴びてしまう

それでも　書いていたかった　この手で
山々の稜線が
冬の空にくっきりとデッサンされるように

春の汀から立つ香気を今は待てない
生を織り成していく指の角度
がゆっくりと変化した

幼子は掌の上に小さな空気を乗せ
母の心をぎゅっと握り締める

手の甲に浮かび上がる蒼い血管が空に戻るまで
ペンの鋭い切っ先を追い求めていく

この氷りついた心を溶かしてしまうその指
が触れるときに

風鈴色

君は知っているか　時が奏でる物語を
流れゆく季節
儚ない刻《とき》の静かな空気をとらえて
小さな短冊が震えている　風が音楽に変わる
チン　チリン　チン　チリン
　カン　カラン　カン　カラン
さまざまな音色が交錯し　空に流れていく
透明なガラスに彩色された赤や青　紫の円

水色の陶器に施された波模様
葉月の暑気は激しく　街角に陽炎が立つ
チン　チリン　チン　チリン
カン　カラン　カン　カラン
空を切り裂く鳥の羽　拡がる音響の
止めどない空虚を地上に与えん
底のない青い層を　背後から涼気が移りゆく
ガシャーンと
手元からはずれて落ちたガラスの鈴
半分に欠けた透明の体が蒼い凪に揺れて
赤　青　紫　が空中に舞うこのときめきよ

獅子の歎き

アンリ＝ルソーの想いより

空気の色が秋に変わる頃
透明な夜に眠れない獅子は尾を立てる
あれは草原での出会いなのか
あるいは別れなのか
一瞬の死を悼む　地上に映る影を落として

月の満ちるままに　やがて沈黙した獅子

透き通る夜気が背景にあるのなら
倒れた者への優しい問いかけがあるはずだ
生そのものの病いが世界を苦しめるのなら
眠れぬ獅子は今また走り始めるであろう

神はいる　いない　その間を走り抜けて
瀕死の者を迎えにいく

刻印する　大地の怒り　無言の戒め

届かぬ闘いが虚しく大気を汚しても
静かで柔らかな空が降りてくる

そのとき獅子は歎くのだ

かくも美しき行いを為せども
自らの血を清めることはできないと

地下水

地下に眠っている水よ　そこに　生命が溶かされ　滲み出してくる
澄んだ水が静かに眠っているその場所に
何者の喉を潤したいのか
眠っている水をそっと汲み上げ
命の水を　透明で　苦い水を味わってみたいのだ
雨水が大地に染み込み　深く地下へ進んでいく
滞留した水が眠りに就くとき　地上の喧噪が全く聞こえない

人の目が上へ上へと向けられている間
静かに湛えられた地下水は純度を高めて
この世で最も汚れのない存在へと化していく

人の手が触れ得ないことは重要だ
その手の思想に自然は色を付けられてしまったのだから

しかし地下水にも流れてくるものがある

地上にて
忘れ去られてしまうことが
忘れられたものこそが輝きを増していく

プール

波が揺れて　光が戯れる　キラキラ反射しながら
水しぶき　腕を振り上げ　足を伸ばす
水中の動きが夏の輝きとどろかせて
大きな器に満々と湛えて　魚になる
羊水の中　熱い体を冷やしてくれる

泳ぐということは大きな箱に一本の線を引くこと
巨大な長方形の表面に
　肉体が入っていく入射角こそが
　　液体になる鍵だ

そして　また　渇きが　全てを飲み干してみたいと思う
汗が体を伝うとき　愚かな巨人になろう
長かった冬は眠りを緑に染めて
　永遠を感じさせた
短い夏は青い覚醒の　まばゆい　ときめき
透き通った底に思い出を広げて語りかける

コースロープが何本も並んで君のスタートを待っているよ
若い肉体は透明な魚になって水に溶けていき
プールはますます澄んでいくのだ

魚影あり

宮地広へ

魚の影を追っていたい　あの　一瞬の　影を
水を打つ　そして　彼方へと消えていく　幻の肢体
なだらかな背面と液体を近づけぬおびただしい鱗のきらめきは
海に射す　光の帯を浴びて　乱反射し　波の化身と化してしまう
蒼い　透明の　薄い　裸体で　走りゆく
水を切り裂き　時空を超えていく

あの目だ　汚れたものを映さない目
感情という地上の有様を何も求めない眼よ
流れる音楽を乱さずに擦り抜けていく皮膚
水底に映る影
めくるめく眩い行跡をつくる……

地上

青いジャケット　　磁気モーメントを
の袖を揺らして　　感じる
大地は動くのをやめはしない
小さな白球を追い　　地磁気が体を通過する
人々と地上で　しかし　お前を理解できる者
出会う　　　　　　　は常に遠くにいる

日常の毒と経過する　大気の海に飲まれて
時の残酷な歩み　　　いくのだ

細かい　粒子の流れが　物体に反射している
予測不可能なカオスへ　渦となれ　地上の虫よ

磁化された皮膚……お前から出るエネルギー
　　　　　　　　　は磁力線のように鮮やか
　　　　　　　　　に目に見えぬキャンバス
　　　　　　　　　を彩るだろう

極光よ　この空を赤く着飾っておくれ

北から　南から
地上の緑の扉が重なっていくように
そう　光は失われてしまったのだ
内部からの反乱は止めどがない
鍵の所在はわからないが
体の内奥から引いてくるものがある
生のデザインは　　地球は燃えているのに
崩れるだろう
自らの届かぬ所にこそ真実は隠されているのだ

語らない空気の澱み
の中で失われた言葉
の群れよ

乳色の空に漂う
無数のかぐわしき
エレメント………

ソリトン……波動

言葉の衝撃が人間を媒質にして伝わっていく
意味を伴う音声がどうしてこのように肉体に変化をもたらすのか
空気の波動であるはずの言葉が歪みを与える
それは発声の中に含まれる感情という毒にあるのかもしれない
肉体という媒質は他者にも変化を与えていく
別の言葉になって伝わっていく　ある種の痛みを伴って

美しい波動はないのか　肉体を震わせる喜びをもたらすものは
そのような言葉を待っている　心に豊かな変位を与えるものを
世界には弱い媒質を傷める言葉が満ち溢れている
その中にそっと潜み　ときに生まれてくる
さりげない言葉の波は奇跡のような瞬間を現出させる

その言葉を語ってはならない
その時に肉体に与えられた波動は
秘かに他者に伝えられていく

＊渡辺慎介『ソリトン――非線形のふしぎ』参照

やまい

おおきな　くうどうが
うちに
ひろがっている

かたることで
うしなわれた　せいぶん　を
とりもどせはしない

もりのなかの　しずかな

いずみに
たたえられた　かみのみずを
すこしずつ
すこしずつ
あたえながら　まっている

ちんもくしている　やみ　と　きぎ
あらわしてはならない
といかけてはいけない

めにみえない　とおい　とおい
ゆめのありか　まで
とけだしていく　たましい　の　ゆくえ　を
さがしつづけている

彫る

丁寧に　丁寧に　彫っていく
失敗は許されない
ノミで深く彫り過ぎてしまったら
取り返しがつかないから
少しずつ　少しずつ　彫り進めていく

時を刻み　生を刻む

果てしのない営みを日々続けていく

間違いを起さないように肉体も刻んでいくのだが
木屑はどこやらに消えていく

このまま彫り抜いてゆけば小説のように
理想の生が埋まっているのだろうか

長い間　彫り続けて　次第に気が付いた
多分　何も埋まっていないようだ

生の彫刻はむしろ内部に正確な形をした
大きな空虚を抱えているのではないか

空虚をきれいに彫り上げたとき
すべてが終焉する
そのとき初めて消えていった木屑の数々を思い出す
あれこそが生そのものの姿ではなかったかと

器と外部

滑らかな諧調へと進む　外部を欲する内質よ
その光沢と波打つ曲線の中へ時が忍び込んで
いく　この器《うつわ》の内部には木質が稠密に織り込
まれ　抱えるものは空虚でしかないのだが
器という形式は内部に閉じられていながら過
剰なほど物体の贈与を望んでいる　しかし
この器には時間も空間もありとあらゆる存在
の解釈が内在化されてしまい　盛り込むべき

物象が見当たらないのだ
器の底には悲しみが隠されている　その中心
から広がっていく同心円の重なりと　次第に
傾度が高くなる斜面へもたらされる青い斑模
様よ　赤茶色の縁取りが大きな輪を描くとき
外部にようやく開かれた器の花が咲き乱れる
のだろう　ここに置かれるのを望むのだ　あ
えて苦しみを選ぶ者のように指定され　器の
重心へと落ちていく　気付かないほどの瑕疵
をも許すまい　白光が照り輝くこの地を

オブジェとしての洗面

　滑らかで稠密な曲線
　　触れることを許さぬ光沢の輝き
螺旋形に渦を巻いて消えてゆく液体
　　　生体になるという欲望のままに
堅く　しかも丸みを帯びた物体となる
冷たく燃えている内部の青い炎が
　　白い表面に浮かび上がろう

薄いオレンジ色の照明ライトがパウダースプ
レーや小さな剃刀を照らし
　　リップクリームや洗顔料
　　　　　　色とりどりのカップ
　　　　ハンドソープや洗口液
ローションやブラシ　　それらが機能的に
配置され　壁際に次々と溢れてくる
　嵌め込まれた鏡面に遊ぶいたずらな映像
物らの止め処ない拡散を押し留めながら
　私は時の閃光に打たれて石となってしまう
洗面行為そのものがオブジェと化してしまう
　現身と死者の顔貌が重なり合い　混じり合
　　いながら鏡面に溶けてゆく

絶対的な沈黙に閉ざされた白い空間の
　　セラミックのぬめり
ミラーに映る梅林には柔らかい光がおびただ
しく降り注ぎ　薄紅に染まった花々が繚乱と
咲きこぼれている……

鏡の中のラビリンス

垂直の七色の階段を足を踏みはずさぬよう　駆け上がり　高い空へ
向かう
深い海の底へ泳ぐ人よ　後ろへ流れる水音をお聴き
大いなる時の中へ入っていく　複雑な歯車と狭い通路をくぐり抜け
て時の中心へと登ってゆく　揺らり　揺られて
たとえ自由に溢れているとしても固定された枠ははずせない　お前
だけが映っていないんだ

左右逆転の像が静かに立ち上がる
　異様な肉塊が浮かび上がるのだ
自傷行為を腕に繰り返し行いながら
　その刃の眩い光が映し出されていく
鏡と鏡を合わせ　幾重にも重なりながら次第に小さくなっていく姿
鏡の中に広がる無機質な空間は無気味な嵩をもった一つの奥行きの
実在を物語っていよう
鏡の破片は壊れた世界を映し出す

思考する中心からはずれて
たとえ光の幻影だとしてもその存在を私は信じてゆくだろう
たった一つの無垢な言葉の在り処を探すために

放射線シンドローム

あの朝、父は（前日の日曜日は市内で買い物をし）
窓から強烈な閃光を浴びて
一瞬目が見えなくなり
その後凄まじい爆音が轟くのを聞いた
彼は傷を負った人々を救う為に
ガンマ線や中性子線が大量に残る市内に入り
宇品へと運んだ
野戦病院と化した島は苦しむ人々で溢れた
あのきのこ雲は長い時間

薄気味の悪い　人工的な色合で混じりながら空に残っていたという
その夜のうちにほとんどの負傷者は死に
庭にきれいに並べられた遺体の足首と足首
の間の道を兵隊は通るのだった
放射能は体に残る
その放射能によって変化した遺伝子は
しっかりと私達に与えられ
この体内にあるものを感じざるを得ない
観念ではなく　肉体の隅々まで
放射線は生きているように感じる
歴史は肉体にしっかりと刻み付けられた

ガンマ線　中性子線　人間の創造した
最高の知性の産物が　今　ここにある

フィルム（膜的世界）

私たちは包まれている　包まれていることを望んでいる
あまりにも厳しい世界に投げ出され
自らを守るてだてを持たないから

この星も大気という薄い膜で覆われ
電磁波は優しい光に姿を変えて地上に降り注いでいる
体も見えない膜で包まれている　守られている
空気に直接触れたら　傷んでしまうだろう

弱さは　地上に生きる者に必要だ

言葉の刃に覆う膜を
出来るならば心にも膜を与えて下さい
破れてしまった心を繕うすべはない

長く膜に包まれてから
突然この世界に出て来る
痛々しくも　喜びを携えて

街

水気をふくんだひょうめんをかくすようにやわらかくつつみこむ制
服　にじんだすいてきが肌へひろがるころ　うすいぶるうのくうき
がとおりをさまよい　少年のあしにいたみがはしる
においたつかぐわしいかおり　そのひふにやどる死のかげはしみの
ようにひろがっていく

うるわしいにくたいの　木へのさんげ　じゅひのおうとつにふれな
がらしめったもりのさざめきをきく　雨にぬれたわいしゃつがすき

とおって
さくらのさくこうえんをゆうひがおれんじいろにそめあげて　この
ずぼんのおりめを　くびにかかるかたいからあを　きみはなんども
てにふれながらそのかんしょくをあたためる
ゆうじんへのあいもにくしみもこの街がはなやかにいろどっていく

おおきないけにかかるはしをゆるやかにながれるくも　ききのささ
やき　せいしゅんのあえかなといきがもれて　かろやかにくつおと
が空にひびきわたっていく

走るクリナメン

肉体の微妙な不均衡は正確な歩行を許さない
斜行への誘惑は無意識の内に発動される
まして左脳の軽微な損傷は世界を把捉する言語体系から
砂のように言葉が滑り落ち
フィルターの掛かった通りを正しく間違えるのだ

至る所にひびが走っている　床に　壁に
地盤沈下した道路に　そして　痛む親指の先にも
疾走するひびは　理性に還元し得ない形で進むのだ

雷光が一瞬のうちに地上に落ちていく
その直線でもなく　曲線でもない　線で
なだらかな平和に回収し得ない見えない線
それこそが繋がるものに訪れる断裂

海の底にある亀裂の走りは何人も予想ができず
その線の疾走には意味が存在しない
どの方角へ向かうのか　地上を割るジグザグの線を見るばかり
制御できない跛行の繰り返しに畏怖するばかりだ

死は斜めから走ってくる

＊中沢新一『雪片曲線論』参照

夜

漆黒の闇の中で眠れぬ人はただ待っている
本当の夜が降りてくるのを
ぼんやりと浮かぶ周りのオブジェは彼をただ
孤立させ
飾りのない命のリズムを刻ませている

夜が次第に身体に染み込んでくる
儚い夢が過去を呼び戻し

一点を凝視する眼を貫いていく
溶け出していく身体は闇と融合しつつ
意識のみが実体となり
ベッドの上の空間を浮遊している

止まることのない時間《とき》の中で
晴れやかな過去の記憶は
忘却の彼方へ飛び去ってしまい
無残に取り残された物質だけが
この部屋の秩序を汚していた

棚に置かれた諸々の静物がうっすらと浮かび上がる
この闇の中には感情が入る余地はなく

遠い　遠い　彼方へと　対象を排除していくようだ
夜がこの空間に永遠となって留まるなら
眠れぬ人は果てしのない問いを続けるであろう

プレハブ的無人島

この二棟のプレハブにもう四年も住んでいる
傷みも激しくなってきた　床の一部が捲り上がり
壁を流れる傷の数も増えてきた　少しも愛着が湧かない
二棟の間の渡り廊下に冷たい風が吹き抜け
手洗い場の汚れも次第に取れなくなっていく

いつ新しい建物が建つのか見当もつかない
震災のときは床が圧縮され　盛り上がった線が残った
解体されないプレハブには未来が見えない
戦後のバラックのような姿で雨に打たれている
音は壁を擦り抜けて入り交じり混沌としている

このプレハブと一体化していることを感じている
これだけの人々がいるのに無人島だ
たいした意味もなく何となく収容され溶けていく

毎日この二棟で何かが行われているが

確かに時間は過ぎていく　出来事は起こっている
それ以外は全く分からない

*國分功一郎『ドゥルーズの哲学原理』参照

「内乱の予感」より　ダリの夢想

地上から見える空には引き裂かれた肉体が広がっている
自らの乳房を固く握り締め　痩せ衰えた足首が震える　苦痛に歪められた顔に
美しい青空の下
内なる反乱を　そして見事に開かれた空洞を　受け入れていくのであろう
聖なる筋肉と　露になった骨格は　分解されることなく　永遠にその不和を抱えていくのだ　内なる他者となって

時の扉を開く者はこの苦しみから逃れられない　大気の重みに耐え
地上に繋がれたこの鎖からも
空洞は更に広がっていくであろう　大きな空を見るために　そして
肉体を押し広げていく力も強まっていくのだ

美しい世界のために
更なる苦しみを与えなければならない
全体の調和は個々の分裂と反発、内なる違和でしかもたらされない
としたら……この雲の彼方の青空を待っている者は残酷な神でしか
ない

首筋に立てられた皺も　足指が折り曲げられている痛みも　引き千
切られる乳房もまたその喜びに耐えなければならない
この地上にその存在をあらしめるために

転がる

体を締め付ける　あの悪臭漂う意識の重力
その力で醜い球体と化してしまう
きりきり腕を締め上げ　足を圧縮し　首を体の中へ捩じ込む
めりめり音を立てながら内部へ食い込んでいく
中心へと押し潰された肉塊は炉心が溶けるように
内面が消え　完全な球体となる
ごろごろと転がりながら勢いよく移動する

地球も月も　寒く孤独なので　自らを締め付けて球体となった
真ん中に得体の分からぬ悪意を孕んでいるのかも知れない
そのおかげで永遠に移動し続ける
他の星とぶつからぬように距離を取りながら

大地と接触するときの痛みは限りなく尊い
地上を転がりゆく喜びを忘れまい

卵割する前の胚のように無心となり
一筋の道を勢いよく転がるのだ

釣人と空

片岡世喜へ

中央に一人佇む小さな人影　誰だか分からない
草に覆われた堤は背後から川を穏やかに包み
焦げ茶色の中洲は天と水とを繋ぐ橋だ

空を泳ぐ魚は全く姿を見せない
雲の変化に途惑っているのだ

釣人は天空の上におり　影だけが水面を漂っている

小さな水草が時折顔を見せる
黒い人　水際のさざなみが時を止めて
雲に白く染められた川面が広がっていく

細い竿を両手で支えながら
　　　　悠久の時間を待つ

決して来ない幸せを夢見ながら
両足を軽く広げて地を踏み締める

孤独が静かに流れてゆく

幻影の橋

思ふこといはでぞただにやみぬべき
われとひとしき人しなければ　　在原業平

大きな橋が懸かっているこの深淵に
　今まで何度飲み込まれたであろう
岸と岸を隔てる底の見えない深さは
　橋をも吸い込んでしまうのか

心と心を結ぶ手立てもなく　その溝の深さに
　たじろいでしまうのだ

ある時は
目も眩む高さの釣橋の真中で立ち往生し
　　吹き抜ける風のままに揺れ
はるか下方に流れる川を見つめていた

あの日の
巨大な橋は永遠に続く道であった
大型バスが高速の上のように走り抜けていく
この空に構築された文明もまた赤く海を染める

橋を架けたいのか　それは幻影ではないのか
それでも渡っていくのだ
　　　彼の地に何かがあると信じて
この底に歴史の闇が眠っているとしても

別れ

ここを離れるとわかってから
何故か　まわりの景色が薄くなり
空気が　見知らぬ色に変わっていく

ここにいる自分が
まるでもうすでにいないかのように
人々は自然に動き　流れていく

この薄い　透明な世界の中で
ここにいない今を生きること

なじんだ空間がいつのまにか
見知らぬ他人のように体から離れていき
次第に見えなくなっていく

机やロッカーや天井　そして人々
諸々の事物の輪郭が次第にぼやけ
崩れていく……

乳白色に染められたこの世界も
やがて自らとともに消滅するのだろう

道

道は開かれている
開かれていなければならない
誰もがその開かれた空洞で空や風を受け止める
だからこそ　道には　何もあってはならない

全ての道の果てが空へと続く海であること

歩くことがこんなにも難しい時代にあって

空気の流れを探りながら　地面を確かめる

生者にしか開かれてはいない
家々を置き去りにして
去り行く者の　影が　道に馴染んでいく

感じることを許された者は一度しか通れない
この道は　昨日の　明日の　道ではないのだから

行き止まりではない　永遠に続く道を探して下さい
道は　迷い続けるものなのだから
知らない町を

邪魔をしてはいけません　迷い子は迷い続けるのです

開かれた新鮮な空間を奪うことは許されない
生へも　死へも　通じる　あえかな　もの
もう一度　出会いたいと願うなら
空の下で　そうっと　大地を動かすことだ

羽

羽は　隅に　順番に　置かれていく
常に　中心から　同じ距離に置かれ
又　同じように　素早く　回収される

叩き付けるほど　激しく　打つとき
空気を　切り裂きながら　見えなくなる
寒く　澄み切った　時空を　開いた地へ向かう

大地は　隙間に満ちている　どこにでも

地上すれすれで羽を掬い上げる　救う
羽が平行に飛ぶ　滑空するように　風とともに

届かない　地に墜ちた　そして　動かなくなる

羽搏くことを知らない羽　手首で　振られた方位へ
投げた自身を　堅い地の涯に　撥ね返されて　今

ぼろぼろになった　衣を纏い　ビロードの　薄い膜を
透かして　消えゆく　光が　透過していく

ひな

まあるい　あかり　が　しろく　ひかり
むつみあう　ふたり　は　むげん　の　なか
もも　や　たちばな　が　さきみだれ
おはやし　が　きこえて　くる　ゆめ　の

うすい　まく　の　なか　から　あかい　べえる
のぼりつめ　て　きもの　の　すそ　みだれ
はる　を　おう　たいこ　つづみ　ふえ　の　ね
かさね　の　きぬ　さらして　まい　おどる
おとど　ふたり　おいて　しらかみ　ととのえ
くもの　はて　を　のぞんで　この　きよき　ひ
こらの　えみ　こぼれて　たち　あがる

てんじょう　へ　のびる　きざはし　を
まどろむ　よ　の　うつせみ　ひめごと　に
なりゆく　はて　の　ひしもち　が
みどりに　しろに　あわいぴんくに　かさなって
たかく　つみあがっていく

あとがき

　前詩集刊行後、脳の病気で入院しました。リハビリを経て現在は比較的元気ですが、やはりその影響で詩作数は減り、寡作の状態は続いています。十三年経ち、ようやく詩集ができそうです。

　この間に父と母を見送りました。

　敬愛する「青い花」の丸地守氏、元「鮫」の芳賀章内氏、「龍」の篠崎勝己氏には様々なご教示を頂きました。また、同世代の「独合点」の金井雄二さん、「山脈」の冨田民人さんにはいつも励ましを頂いています。特に金井さんには出版の後押しをしていただき感謝しきれません。

　思潮社の編集部の皆さんとこの詩集を読んでくださった皆さんに感謝申し上げます。

二〇一八年秋　　　　松浦成友

松浦成友　まつうら・しげとも

一九五八年、東京都町田市生まれ

詩集

『風と光のレジェンド』一九九一年

『影のレミニッセンス』一九九六年

『空のマチエール』二〇〇一年

『フラグメントの響き』二〇〇五年

「龍」同人

現住所

〒二五二―〇三二七　神奈川県相模原市南区磯部一三二五―五

斜《なな》めに走《はし》る

著者
松浦成友《まつうらしげとも》
発行者
小田久郎
発行所
株式会社思潮社
〒一六二―〇八四二　東京都新宿区市谷砂土原町三―十五
電話〇三（三二六七）八一五三（営業）・八一四一（編集）
FAX〇三（三二六七）八一四二
印刷所
三報社印刷株式会社
製本所
小高製本工業株式会社
発行日
二〇一八年十二月二十五日